AF203551

Die mittleren Jahre

3. Auflage
© 2015 Jung und Jung, Salzburg und Wien
© 2015 Walter Kappacher
Alle Rechte vorbehalten
Druck: Theiss GmbH, St. Stefan im Lavanttal
ISBN 978-3-99027-077-6

HENRY JAMES
Die mittleren Jahre

Erzählung

aus dem Englischen übertragen
und mit einem Nachwort
von Walter Kappacher

JUNG
UND
JUNG

Der Apriltag war mild und hell, und der arme Dencombe, glücklich in der Einbildung wiedererlangter Kraft, stand im Garten des Hotels und erwog mit einer Bedachtsamkeit, in der noch etwas von Verträumtheit war, die Verlockungen leichter Spaziergänge. Er mochte das Gefühl von Süden, soweit man es im Norden haben konnte, er mochte die sandigen Felsen und die See-Kiefern, sogar das farblose Meer mochte er. *Bournemouth – Ort der Erholung* hatte nach einem leeren Versprechen geklungen, aber nun war er mit dem Prosaischen der Wirklichkeit versöhnt. Der leutselige Landpostbote hatte ihm, den Garten durchquerend, ein Päckchen gebracht, welches er mit hinausnahm, indem er das Hotel rechterhand verließ und sich zu einer bequemen Bank schleppte, die er als einen sicheren Winkel bei den Klippen für sich entdeckt hatte. Der Ausblick ging nach Süden, zu den schattigen Befestigungen der Insel; das Gelände war durch die Neigung des Hanges nach hinten geschützt. Der Weg hatte ihn ziemlich ermüdet, und für einen Moment war er enttäuscht; er fühlte sich besser, natürlich, und trotzdem: Besser? Er würde sich nie wieder besser fühlen als in den ein, zwei großen Momenten der Vergangenheit. Die Unbegrenztheit des Lebens war vorüber, und was davon übrig blieb, war ein kleines Glas mit eingravierten Markierungen, wie ein Thermometer aus der Apotheke. Er saß da und starrte auf das Meer, das nicht mehr zu sein schien als Oberfläche und Funkeln, so viel seichter als der menschliche Geist. Der Abgrund menschlicher Illusionen, das war die wirkliche, die strömungslose Tiefe. Er hielt das Buchpaket, das mit der Post gekommen war, auf seinen Knien, genoss es, den Band noch ungeöffnet zu lassen; so viele Freuden waren vergangen (seine Krankheit hatte ihn sein Alter spüren lassen), dass er Gefallen daran fand zu wissen, dass es da war; aber es war ihm klar, dass sich die Freude nicht zur Gänze würde erneuern können, die Freude, die man als Junger empfindet, wenn man »herauskommt«. Dencombe, der einen Ruf genoss, war zu oft herausgekommen und wusste zu gut, wie er dabei aussehen sollte.

Sein Zögern verband sich nach einer Weile vage mit einer Gruppe von drei Personen, zwei Damen und einem jungen Herrn, welche, wie er sehen konnte, unterhalb von ihm scheinbar schweigsam den Strand entlangschlenderten. Der Mann hatte seinen Kopf lesend über ein Buch gebeugt und hielt gelegentlich inne, durch eine offenbar bezaubernde Stelle in dem Band aufgehalten, dessen Umschlag, wie Dencombe sogar aus der Entfernung bemerken konnte, aufreizend rot war. Dann warteten seine Begleiterinnen, die ein Stück weitergegangen waren, auf ihn, damit er aufschließen konnte, stießen ihre Sonnenschirme in den Sand, blickten, offensichtlich empfänglich für die Schönheit des Tages, auf das Meer und in den Himmel. Diese Dinge ließen den jungen Mann mit dem Buch weiter ganz offensichtlich eher gleichgültig; zurückbleibend, vertrauens-

selig, versunken, war er für einen Beobach-
ter, dessen Verbindung mit Literatur diese
Unschuld verlorengegangen war, ein Gegenstand von Neid. Eine der Damen war
groß, im reiferen Alter, die andere, verhält-
nismäßig jung, ließ das Dürftige einer vermutlich untergeordneten Stellung erkennen. Die große Dame führte Dencombes
Fantasie ins Zeitalter der Reifröcke zurück;
sie trug einen pilzförmigen Hut, ge-
schmückt mit einem blauen Schleier, und
schien in ihrem angriffslustigen Auftre-
ten an einer verschwindenden Mode wie
an einer aussichtlosen Sache festzuhal-
ten. Nun holte ihre Begleiterin aus einer
Falte ihres Umhangs einen Klappstuhl,
den sie auseinanderspannte und den die
große Dame in Besitz nahm. Dieser Vor-
gang und etwas in den Bewegungen bei-
der Damen charakterisierte die Darsteller
sofort als üppige Matrone und demütige
Bedienstete; ihre Darbietung diente Dencombe zur Entspannung. Und wozu war
man auch ein Schriftsteller von Rang,
wenn man keine Beziehung herstellen

konnte zwischen solchen Figuren; in der klugen Annahme zum Beispiel, dass der junge Mann der Sohn der opulenten Matrone war und die Begleiterin, Tochter eines Geistlichen oder eines Beamten, eine geheime Leidenschaft für ihn hegte. War das nicht zu erkennen an der Art, wie sie hinter ihre Beschützerin schlich, um sich nach ihm umzuschauen – zurück zu der Stelle, an der er schließlich stehengeblieben war, als seine Mutter sich hingesetzt hatte, um auszuruhen? Sein Buch war ein Roman – es hatte den Umschlag eines Schundromans, und während der Roman des Lebens vernachlässigt an seiner Seite stand, verlor der junge Mann sich in jenem aus der Leihbücherei. Mechanisch fand er eine Stelle, wo der Sand weicher war, ließ sich schließlich hinplumpsen, um sein Kapitel in Ruhe zu beenden. Die demütige junge Frau, entmutigt von seiner Distanziertheit, ließ ihren Kopf gequält hängen und ging in eine andere Richtung davon, und die üppige Dame, welche die Wellen betrachtete, hatte eine konfuse Ähnlichkeit mit einer abgestürzten Flugmaschine.

Als sein Schauspiel zu missraten drohte, erinnerte sich Dencombe, dass er einen anderen Zeitvertreib hatte. Auch wenn der Verleger selten so schnell war, konnte er nun doch sein »jüngstes«, womöglich sein letztes Buch aus der Verpackung ziehen. Der Umschlag von *Die mittleren Jahre* war maßvoll irreführend, der Geruch der frischen Seiten hatte diesen Duft von etwas Heiligem; doch im Moment hielt er inne – er wurde sich einer seltsamen Entfremdung bewusst. Er hatte vergessen, wovon sein Buch handelte. Hatte die Attacke seines alten Leidens – es war trügerisch gewesen zu glauben, er könnte sie abwehren, indem er nach Bournemouth kam – völlig ausgelöscht, was davor war? Er hatte die Durchsicht der Fahnenkorrektur beendet, ehe er London verlassen hatte, aber die folgenden beiden Wochen im Bett hatten gereicht, um es aus seinem Gedächtnis zu löschen. Er hätte sich keinen Satz vorsagen können, wäre nicht imstande gewesen, auch nur eine Seite mit Neugier oder Selbstvertrauen aufzuschlagen. Sein Thema hatte ihn bereits verlassen, hinterließ kaum eine Ahnung. Er gab ein tiefes Stöhnen von sich, als er die Kühle dieser dunklen Leere atmete, so verzweifelt schien sich darin eine unheilvolle Entwicklung zu erfüllen. Tränen füllten seine sanften Augen; etwas Kostbares war vorüber. Das war der schärfste Schmerz der letzten paar Jahre – das Gefühl von verebbender Zeit, von schwindender Gelegenheit; und nun empfand er nicht so sehr, dass seine letzte Chance verstrich, als dass sie tatsächlich verstrichen war. Er hatte getan, was er tun sollte, und hatte noch nicht getan, was er tun wollte. Das war seine Wunde – dass seine Laufbahn praktisch zu Ende war: Es war so brutal wie eine raue Hand an seiner Kehle. Er erhob sich nervös von seinem Sitzplatz, wie ein von Schrecken gejagtes Geschöpf; dann fiel er zurück in seine Schwäche und öffnete nervös sein Buch. Es war ein einzelner Band, er bevorzugte Einzelbände, im Bestreben, eine außerordentliche Verdichtung zu erreichen. Er begann zu lesen, und nach und nach besänftigte und beruhigte ihn diese Beschäftigung. Alles kam wieder, aber es kam wieder als etwas Wunderbares, kam wieder, vor allem in einer starken und überwältigenden Schönheit. Er las seine eigene Prosa, er wendete die Blätter, und er hatte, während er dasaß, mit dem Frühlingssonnenschein auf den Seiten, eine eigentümliche und intensive Empfindung. Seine Laufbahn war zu Ende, kein Zweifel, aber immerhin war sie *damit* zu Ende.

Er hatte während seiner Krankheit die Arbeit des vorigen Jahres vergessen; aber vor allem hatte er vergessen, dass sie außerordentlich gut war. Er tauchte einmal mehr in seine Geschichte ein und wurde wie von der Hand einer Sirene hinabgezogen, wo, in der dämmrigen Unterwelt der Erfindung, dem großen glasigen Becken der Kunst, merkwürdig stumme Gegenstände treiben. Er erkannte sein Motiv und gab sich seinem Talent hin. Möglicherweise war dieses Talent, wie es eben war, nie so rein gewesen. Seine Probleme waren da, aber da war auch, für sein Empfinden – wenn auch vermutlich für niemanden sonst, leider –, die Kunstfertigkeit, mit der er diese in den meisten Fällen überwunden hatte. In dem überraschenden Vergnügen an diesem Vermögen sah er einen möglichen Aufschub. Sicher war diese Kraft nicht erschöpft, darin waren immer noch Leben und Einsatz. Dieses Vermögen war ihm nicht in den Schoß gefallen, es war unter Mühen und umständlich geschehen. Es war ein Hätschelkind des Zauderns, ein Säugling der Hemmnis; er hatte mit ihm gerungen und an ihm gelitten, brachte Opfer, unzählbare, und musste er sich nun, da es wirklich reif war, nicht eingestehen, dass es nichts mehr abwarf, dass er brutal geschlagen war? Für Dencombe lag ein unendlicher Zauber in dem Gefühl, ein Gefühl wie nie zuvor, in diesem eifrigen *Vincit omnia*. Das Resultat, das sich in seinem kleinen Buch niederschlug, war auch ein Resultat jenseits seiner bewussten Anstrengungen: Es war, als ob er seine Begabung gepflanzt, seiner Methode vertraut hätte, und nun wuchsen und blühten sie mit solcher Anmut. Wie auch immer, wenn das Errungene echt war, der Prozess hatte ihm einiges abverlangt. Was er heute so intensiv sah, was er wie einen Nagel im Fleisch spürte, war, dass er jetzt erst, im allerletzten Moment, darüber verfügen konnte. Seine Entwicklung war ungewöhnlich langsam verlaufen, beinah in grotesk kleinen Schritten. Er war durch Erfahrung behindert und aufgehalten worden, und über lange Strecken hatte er sich auf seinem Weg bloß vorangetastet. Er hatte zu viel von seinem Leben für einen zu geringen Ertrag seiner Kunst gegeben. Die Kunstfertigkeit hatte sich eingestellt, aber erst nach allem anderen. Nach diesem Maß war ein Leben zu kurz – es reichte bloß, um Material zu sammeln; sodass man, um den Stoff zu befruchten und zu nutzen, eine zweite Lebenszeit brauchte, eine Verlängerung. Diese Verlängerung war es, was Dencombe begehrte. Als er die letzte Seite seines Buches aufblätterte, murmelte er: »Ach, ein weiterer Versuch! – Eine bessere Gelegenheit!«

Die drei Personen, die er am Strand beobachtet hatte, waren verschwunden und dann wieder aufgetaucht; sie waren jetzt einen Pfad heraufspaziert, einen künstlich angelegten leichten Aufstieg, der zum höchsten Punkt der Klippen führte. Dencombes Bank befand sich auf halber Höhe, an einem geschützten Vorsprung, und die große Dame, eine ausladende, unförmige Person mit unverschämten schwarzen Augen und freundlichen roten Wangen, hielt eine Weile inne, um auszuruhen. Sie trug schmutzige Stulpenhandschuhe und enorme Diamantohrringe; auf den ersten Blick wirkte sie vulgär, widerlegte den Eindruck aber durch einen angenehm zwanglosen Umgangston. Während ihre Begleiter warteten, breitete sie ihren Rock über das Ende von Dencombes Bank. Der junge Mann trug eine Brille mit Goldrand, durch die er, mit einem Finger darin, auf sein Buch blickte, das in dem gleichen Farbton gebunden war wie jenes, das auf dem Schoß desjenigen lag, der die Bank besetzt hielt. Nach einem Augenblick verstand Dencombe, dass der junge Mann die Ähnlichkeit bemerkt hatte, er hatte die goldfarbene Prägung auf dem purpurroten Leinenband wiedererkannt, er las *Die mittleren Jahre* und sah nun, dass jemand das Gleiche tat. Der Fremde war erschrocken, möglicherweise brachte ihn der Gedanke, dass er nicht der einzige Auserwählte war, welcher eines der ersten Exemplare erhalten hatte, aus der Fassung. Die Blicke der beiden Besitzer trafen sich für einen Moment, und der Ausdruck in den Augen seines Konkurrenten, jenen – wie man vermuten konnte – seines Bewunderers, belustigte Dencombe. Sie bekannten sich zu einem leisen Groll – sie schienen zu sagen: »Zum Teufel, er hat es schon? – Sicher, er ist ein Scheusal von einem Rezensenten!« Dencombe schob sein Exemplar aus dem Blick, während die üppige Matrone, sich aus ihrer ruhenden Haltung erhebend, rief: »Ich spüre schon die gute Luft hier!«

»Das kann ich nicht behaupten«, erwiderte die hagere Dame. »Ich fühle mich im Stich gelassen.«

»Ich fühle mich schrecklich hungrig. Für wann haben Sie das Mittagessen bestellt?«, fuhr ihre Beschützerin fort.

Die junge Dame tat die Frage ab. »Doktor Hugh bestellt das Essen immer.«

»Ich habe für heute gar nichts bestellt – ich setze Sie auf Diät«, sagte ihr Begleiter.

»Dann werde ich heimgehen und schlafen. *Qui dort dîne!*«

»Kann ich Sie Miss Vernham anvertrauen?«, fragte Doktor Hugh seine ältere Begleitung.

»Bin ich nicht Ihnen anvertraut?«, fragte diese schelmisch.

»Nicht allzu sehr!«, erlaubte sich Miss Vernham mit gesenktem Blick zu sagen. »Sie müssen wenigstens bis zum Hotel mit uns kommen«, fuhr sie fort, während die ältere Dame, der sie Beistand zu leisten schienen, höher hinaufzusteigen begann. Sie war gerade außer Hörweite; dennoch murmelte Miss Vernham – was Dencombe anging

– kaum hörbar: »Ich glaube, Sie begreifen nicht, was Sie der Gräfin schulden!«

Doktor Hugh war für einen Moment wie abwesend, seine goldgerahmte Brille funkelte sie an.

»Ist das der Eindruck, den Sie von mir haben? Ich verstehe – ich verstehe!«

»Sie ist schrecklich gut zu uns«, setzte Miss Vernham fort, durch die Reglosigkeit ihres Gesprächspartners gezwungen, an der Stelle stehenzubleiben, obwohl Privatangelegenheiten erörtert wurden. Wozu wäre Dencombe für feine Abstufungen empfänglich gewesen, wenn er in dieser Reglosigkeit nicht den seltsamen Einfluss bemerkt hätte, der von der schweigsamen alten Genesenden in dem Tweed-Umhang ausging? Miss Vernham schien sich einiger solcher Verbindungen plötzlich irgendwie bewusst zu werden, denn sie fügte sofort hinzu: »Wenn Sie sich hier sonnen möchten, können Sie zurückkommen, nachdem Sie uns nach Hause begleitet haben.« Doktor Hugh zögerte, und Dencombe wagte es, trotz seines Verlangens, nichtsahnend zu erscheinen, ihm einen versteckten Blick zuzuwerfen. Dabei bemerkte er, wie ihn die junge Dame seltsam starr anschaute, mit von Natur aus glasigem Blick, sodass ihn ihr Gesichtsausdruck an bestimmte Figuren (er konnte nicht sagen, welche) aus einem Theaterstück oder einem Roman erinnerte, eine teuflische Gouvernante oder eine tragische alte Hausangestellte. Sie schien ihn zu mustern, ihn herauszufordern und mit allgemeiner Boshaftigkeit zu fragen: »Was haben Sie mit uns zu schaffen?« In dem Moment erreichte sie von oben der köstliche Humor der Gräfin: »Kommt, kommt, meine Lämmchen, ihr sollt eurer alten *Bergère* folgen!« Miss Vernham wandte sich daraufhin ab, um den Aufstieg fortzusetzen, und Doktor Hugh legte nach einem weiteren stummen Appell an Dencombe und einem Augenblick offensichtlichen Zögerns sein Buch ab, wie um seinen Platz zu besetzen, oder bloß als Zeichen, dass er zurückkehren würde, und erklomm ohne Mühe den steileren Abschnitt der Klippen.

So unschuldig und endlos wie das Vergnügen der Beobachtung sind die Reichtümer,
welche die Angewohnheit schafft, das Leben zu analysieren. Der Gedanke, dass er
eine Entdeckung erwartete, von etwas, das
sich hinter einem feinen jungen Verstand
verbarg, amüsierte den armen Dencombe
in seinem lauwarmen Luftbad. Er starrte
das Buch am anderen Ende der Bank an,
aber um nichts in der Welt hätte er es an-
gerührt. Es diente ihm dazu, zu einem Ge-
sichtspunkt zu gelangen, der nicht zu wi-
derlegen war. Er fühlte sich bereits besser
in seiner Melancholie; nach seinem alten
Rezept hatte er den Kopf ans Fenster ge-
legt. Eine vorbeigehende Komtesse konnte seine Einbildungskraft auf sich ziehen,
wenn sie, wie die ältere der beiden Damen,
die sich gerade zurückgezogen hatte, so
augenfällig war wie die Riesin einer Ka-
rawane. Die naheliegenden Ansichten waren die schrecklichen; spontane waren eine
Zuflucht, waren Heilmittel, entgegen dem,
was man manchmal sagen hörte. Doktor
Hugh konnte nichts anderes als ein Kriti-

ker sein, welcher im Hinblick auf Neuerscheinungen Abmachungen mit Verlagen und Zeitungen hatte.

Nach einer Viertelstunde tauchte er wieder auf, sichtbar erleichtert, Dencombe am selben Platz vorzufinden, und seine weißen Zähne schimmerten in einem verlegenen, aber freigiebigen Lächeln. Er war merklich enttäuscht, dass ein anderes Exemplar des Buches seines in den Schatten stellte; es war ein Vorwand weniger, den Fremden anzusprechen. Aber trotzdem sprach er; er hielt sein eigenes Exemplar in die Höhe und rief bittend: »Wenn Sie Gelegenheit haben, darüber etwas zu sagen, sagen Sie, dass es das Beste ist, was er bisher geschrieben hat!«

Dencombe antwortete mit einem Lachen: »bisher geschrieben«, das belustigte ihn sehr, es schuf der Zukunft eine große Prachtstraße. Noch besser, der junge Mann hielt *ihn* für einen Rezensenten. Er zog *Die mittleren Jahre* unter seinem Mantel hervor, doch instinktiv verbarg er alles, was seine Vaterschaft hätte verraten können. Auch deshalb, weil jemand, der auf sein Werk aufmerksam machte, immer ein Narr war. »Ist es das, was Sie selbst sagen werden?«, wollte er von seinem Besucher wissen.

»Ich bin nicht sicher, ob ich etwas schreiben werde. Es ist nicht meine Sache, das zu tun – ich genieße im Stillen. Aber es ist schrecklich schön.«

Dencombe überlegte einen Moment. Falls sein Gesprächspartner begonnen hätte, ihn herabzusetzen, würde er auf der Stelle seine Identität eingestanden haben, aber es schadete nicht, ihn um ein wenig Lob herauszufordern. Er tat das mit solchem Erfolg, dass seine neue Bekanntschaft an seiner Seite wenig später bekannte, Dencombes Romane seien die einzigen, die er ein zweites Mal lesen könne. Er war am Vortag aus London gekommen, wo ihm einer seiner Freunde, ein Journalist, sein Exemplar des neu erschienenen Buches geliehen hatte – jenes, das in die Redaktion geschickt worden und bereits Gegenstand einer »Ankündigung« gewesen war, die diesen – aber das musste man seiner Großtuerei zuschreiben – eine volle Viertelstunde in Anspruch genommen hatte. Er gab zu verstehen, dass er sich für seinen Freund schäme, für sein unangemessenes Verhalten gegenüber einem anspruchsvollen Werk, das eine intensivere Auseinandersetzung erfordere und verdiene; und mit seiner erfrischenden Wertschätzung und dem unerklärlichen Wunsch, sie zum Ausdruck zu bringen, wurde er für den armen Dencombe rasch zu einer bemerkenswerten, wunderbaren Erscheinung. Ein Zufall hatte den erschöpften Literaten, von Angesicht zu Angesicht, mit dem größten Verehrer zusammengebracht, den er in der jüngeren Generation vermutlich hatte. Tatsächlich war dieser Verehrer ein Rätsel, so ungewöhnlich war es, einen beharrlichen jungen Doktor zu finden – er wirkte wie ein deutscher Arzt –, der sich für Literatur begeisterte. Es war ein Zufall, aber ein glücklicherer als die meisten Zufälle, sodass Dencombe, aufgeheitert wie bestürzt, eine halbe Stunde damit zubrachte, seinen Besucher zum Reden zu bringen, während er selbst sich still verhielt. Er erklärte den vorzeitigen Besitz von *Die mittleren Jahre*, indem er auf eine Freundschaft mit dem Verleger anspielte, der wusste, dass er sich zur Erholung in Bournemouth aufhielt, und ihm diese reizende Aufmerksamkeit erwies. Er gestand ein, krank gewesen zu sein, weil Doktor Hugh es unfehlbar erraten hätte; er ging sogar so weit, sich zu fragen, ob er von jemandem, in dem sich eine solch strahlende Begeisterung mit einer mutmaßlichen Kenntnis der neuesten Heilmittel verband, nicht einige Tipps zu seiner Genesung erwarten könnte. Es würde seinen Glauben vielleicht ein wenig erschüttern, einen Doktor ernst zu nehmen, welcher *ihn* so ernst nehmen konnte, aber er mochte diese überschwängliche moderne Jugend, und er spürte mit einem heftigen Stich, dass es in einer Welt, die so merkwürdige Verbindungen bot, noch etwas zu tun gab. Es war nicht wahr, was er um der Selbstverleugnung willen zu glauben versuchte, dass alle Verbindungen erschöpft waren. Sie waren es nicht, sie waren es nicht – sie waren unendlich: Die Erschöpfung war in dem armseligen Künstler.

Doktor Hugh war ein leidenschaftlicher Arzt, durchdrungen vom Geist der Zeit – mit anderen Worten: Er hatte gerade seinen Hochschulabschluss gemacht; aber er war unabhängig und vielseitig, er sprach wie ein Mann, der sich am liebsten der Literatur verschrieben hätte. Er hätte sich gerne schöne Formulierungen ausgedacht, aber die Natur hatte ihm diese Fertigkeit versagt. Einiges vom Schönsten in *Die mittleren Jahre* hatte ihn außerordentlich getroffen, und er war so frei, Dencombe daraus vorzulesen, zur Bekräftigung seines Plädoyers. In der milden Luft lebhaft geworden, beschrieb er seinem Begleiter, für dessen Erfrischung er gesandt zu sein schien, besonders geistreich, wie er kürzlich, augenblicklich verzaubert, Kenntnis erlangt hatte von dem einzigen Mann, der einer Kunst, die durch Aberglauben verkümmert war, Fleisch auf die Rippen gab. Er hatte ihm noch nicht geschrieben, eine Empfindung von Respekt hatte ihn abgehalten. Dencombe beglückwünschte sich in diesem Augenblick mehr als je, den Fotografen ausgewichen zu sein. Die Haltung seines Besuchers versprach ihm einen Luxus von Geselligkeit, er vermutete jedoch, dass für Doktor Hugh eine gewisse Sicherheit darin nicht wenig von der Gräfin abhing. Gleich darauf erfuhr er, mit welcher Art Gräfin sie es zu tun hatten und welcher Natur das Band war, welches das kuriose Trio vereinigte. Die große Dame, Engländerin von Geburt und Tochter eines gefeierten Baritons, dessen Geschmack sie geerbt hatte, allerdings ohne sein Talent, war die Witwe eines französischen Adeligen und Herrin über alles, was von einem stattlichen Vermögen übrig geblieben war, Frucht der Erträge ihres Vaters, die ihre Mitgift ausgemacht hatten. Miss Vernham, ein seltsames Geschöpf, aber eine vollendete Pianistin, stand zu ihr in einem Dienstverhältnis. Die Gräfin war großzügig, unabhängig, exzentrisch; sie reiste mit Musikantin und Mediziner. Ignorant und leidenschaftlich, hatte sie trotzdem Momente, in denen sie beinahe unwiderstehlich war. Dencombe sah sie in Doktor Hughs freier Skizze Porträt sitzen, und er spürte, wie die Beziehung zwischen seinem jungen Freund und ihr in seinem Geist Gestalt annahm. Dieser junge Freund war als Vertreter der neuen Psychologie selbst leicht zu begeistern, und wenn er ungewöhnlich gesprächig war, dann war dies bloß ein Zeichen echter Hingabe. Entsprechend tat Dencombe mit ihm, was er wollte, ohne dass er dabei als Dencombe erkannt wurde.

Auf einer Reise in die Schweiz krank geworden, hatte ihn die Gräfin in einem Hotel aufgelesen, und da er ihr gefiel, machte sie ihm in ihrer zwingenden Freigiebigkeit ein Angebot, welches ein Arzt ohne Patienten, dessen Mittel von seinem Studium erschöpft waren, nicht ausschlagen konnte. Hätte er es sich aussuchen können, hätte er seine Zeit anders verbracht, aber es war Zeit, die schnell vergehen würde, und währenddessen war sie wunderbar gütig. Sie forderte beständige Aufmerksamkeit, aber es war unmöglich, sie nicht zu mögen. Er erzählte Einzelheiten über seine kuriose Patientin, ein »Typ«, wenn es jemals einen gab, die in Verbindung mit ihrer hochroten Fettleibigkeit und neben der krankhaften Spannung eines heftigen, ziellosen Willens ein bedenkliches organisches Leiden hatte. Aber er kam zurück auf den von ihm verehrten Romancier, den er, großzügig wie er war, eher für einen Dichter hielt als viele, die Verse schrieben. Er tat es mit aufgeregtem Eifer, der, wie seine ganze Unbesonnenheit, von dem glücklichen Zufall angeregt worden war, dass Dencombe Sympathie für ihn empfand und sie in dem, was sie beschäftigte, übereinstimmten. Dencombe hatte eine oberflächliche Bekanntschaft mit dem Autor von *Die mittleren Jahre* zugegeben, aber er fühlte sich nicht in der Weise vorbereitet, wie er es hätte wünschen können, als sein Begleiter, der noch nie jemandem begegnet war, der dieses Privileg hatte, nach Einzelheiten zu fragen begann. Er dachte sogar, dass ein Schimmern in Doktor Hughs Auge in diesem Moment einen Verdacht verriet. Aber der junge Mann war zu entflammt, um scharfsichtig zu sein, und rasch ergriff er wieder das Buch und rief: »Haben Sie das bemerkt?« Oder: »Hat Sie das nicht ungeheuer beeindruckt?« – »Gegen Ende gibt es eine schöne Stelle«, brach es aus ihm heraus, und wieder legte er seine Hand auf das Buch. Als er die Seiten umblätterte, stieß er auf etwas anderes, und Dencombe sah, wie er plötzlich die Farbe wechselte. Er hatte Dencombes Exemplar, das auf der Bank lag, statt seines eigenen in die Hand genommen, und sein Nachbar erriet sofort den Grund für sein Erschrecken. Doktor Hugh schaute einen Augenblick ernst, dann sagte er: »Ich sehe, Sie haben den Text verändert!« Dencombe war ein leidenschaftlicher Korrigierer, einer, der an seinem Stil herumspielte; eine endgültige Form erreichte er dabei nie. Es wäre sein Ideal gewesen, im Geheimen zu veröffentlichen und dann den veröffentlichten Text zum eigenen Vergnügen einer fürchterlichen Revision zu unterziehen, immer die erste Ausgabe zu opfern und für die Nachwelt und gerade für die Sammler, diese bedürftigen Lieblinge, eine zweite zu beginnen. An diesem Morgen hatte er mit seinem Stift ein Dutzend Geringfügigkeiten in *Die mittleren Jahre* aufgespießt. Er war belustigt von der Wirkung, die mit dem Vorwurf des jungen Mannes einherging; für einen Augenblick wechselte er die Farbe. Wenigstens stammelte er undeutlich; dann, durch eine Trübung schwindenden Bewusstseins, sah er Doktor Hughs verwirrten Blick. Er spürte gerade noch, dass er wieder krank wurde – dieses Gefühl, Aufgeregtheit, Erschöpfung, die Sonnenhitze, die Ermunterung der Luft, das alles zusammen hatte ihn getäuscht, bevor er, eine Hand nach seinem Besucher ausstreckend, mit einem klagenden Schrei seine Besinnung verlor.

Später erfuhr er, dass er ohnmächtig geworden war und dass Doktor Hugh ihn in einem Rollstuhl heimgebracht hatte; in Hörweite umherstreifend, hatte dieser sich erinnert, einen im Garten des Hotels gesehen zu haben. Dencombe war unterwegs wieder zu Sinnen gekommen und hatte am Nachmittag, im Bett, eine vage Erinnerung an Doktor Hughs junges Gesicht, als sie gemeinsam gegangen waren, Hugh über ihn gebeugt, mit einem tröstlichen Lachen und etwas, das mehr als einen Verdacht über seine Identität ausdrückte. Diese Identität war nun unauslöschlich, umso mehr, als er enttäuscht und verärgert war. Er war leichtsinnig gewesen, dumm gewesen, war zu früh ausgegangen und zu lange draußen geblieben. Er hätte sich nicht Fremden aussetzen sollen, er hätte seinen Diener mitnehmen sollen. Er fühlte sich, als wäre er in ein Loch gefallen, zu tief, um auch nur ein kleines Stück des Himmels zu sehen. Er war verwirrt darüber, wie viel Zeit verstrichen war – er setzte die Bruchstücke zusammen. Er hatte seinen Arzt konsultiert, seinen eigentlichen, jenen, der ihn von Beginn an behandelt hatte und der wie immer liebenswürdig gewesen war. Sein Diener ging auf Zehenspitzen aus und ein, wirkte nach dem Vorfall sehr verständig. Er sprach mehr als einmal von dem scharfsinnigen jungen Herrn. Der Rest war Verschwommenheit, wenn nicht Verzweiflung. Wie auch immer, die Verschwommenheit wurzelte in Träumen, schlummerte in Ängsten, aus welchen er schließlich auftauchte zum Bewusstsein eines dunklen Zimmers und einer beschatteten Kerze.

»Es wird Ihnen wieder gut gehen! – Ich weiß nun alles über Sie«, sagte eine Stimme neben ihm, welche er als eine junge erkannte. Dann erinnerte er sich wieder an seine Begegnung mit Doktor Hugh. Er war zu entmutigt, um jetzt darüber zu scherzen, aber er konnte erkennen, dass sie für seinen Besucher eine große Bedeutung hatte. »Natürlich kann ich mich nicht professionell um Sie kümmern – Sie haben Ihren eigenen Arzt, mit dem ich gesprochen habe und der exzellent ist«, fuhr Doktor Hugh fort. »Aber Sie müssen mir erlauben, dass ich als guter Freund nach Ihnen sehe. Ich wollte nur kurz hereinschauen, bevor ich zu Bett gehe. Sie machen sich ausgezeichnet, aber zum Glück war ich draußen bei den Klippen bei Ihnen. Ich werde morgen früh wiederkommen. Ich möchte etwas für Sie tun. Ich möchte alles tun. Sie haben ungeheuer viel für mich getan.« Der junge Mann hielt seine Hand, beugte sich über ihn, und der arme Dencombe, sich dieses lebendigen Drucks schwächlich bewusst, lag einfach da und nahm die Zuwendung hin. Er konnte sonst nichts tun – zu sehr brauchte er Hilfe.

Der Gedanke an die Hilfe, die er nötig hatte, war in dieser Nacht sehr gegenwärtig; er verbrachte sie in klarer Regungslosigkeit, einer Intensität des Nachdenkens, das als Reaktion auf die Stunden seiner Benommenheit einsetzte. Er war verloren – er war verloren, wenn er nicht gerettet werden konnte. Er fürchtete nicht das Leiden, den Tod, er war nicht einmal verliebt in das Leben; aber er hatte ein tiefes Begehren verspürt. In den langen stillen Stunden begriff er, dass er ihm nur mit *Die mittleren Jahre* entkommen war, nur an jenem Tag, heimgesucht von den lautlos vorbeitreibenden Bildern, hatte er sein Reich erkannt. Er hatte eine Offenbarung seines Reichtums gehabt. Was er fürchtete, war der Gedanke, sein Ruf würde sich auf Unvollendetem gründen. Nicht mit seiner Vergangenheit sollte dieser verbunden sein, sondern mit seiner Zukunft. Krankheit und Alter stiegen vor ihm auf wie Gespenster mit mitleidlosen Augen: Womit konnte er solche Schicksalsgöttinnen bestechen, damit sie ihm eine zweite Chance gaben? Er hatte die eine Chance gehabt, die alle Menschen haben – er hatte die Chance eines Lebens gehabt. Er schlief wieder sehr spät ein, und als er erwachte, saß Doktor Hugh an seinem Bett. Von ihm ging inzwischen bereits etwas wunderbar Vertrautes aus.

»Denken Sie nicht, ich hätte Ihren Arzt vertrieben«, sagte er, »ich handle mit seinem Einverständnis. Er ist hier gewesen und hat nach Ihnen gesehen. Irgendwie scheint er mir zu vertrauen. Ich habe ihm erzählt, unter welchen Umständen wir gestern zusammengekommen sind, und er sieht ein, dass ich ein besonderes Anrecht habe.«

Dencombe schaute ihn mit abschätzender Ernsthaftigkeit an. »Wie haben Sie die Gräfin bestochen?«

Der junge Mann errötete ein wenig, aber er lachte: »Oh, vergessen Sie die Gräfin!«

»Sie sagten mir, sie sei sehr fordernd.«

Doktor Hugh blieb einen Moment stumm. »Das ist sie.«

»Und Miss Vernham ist eine Intrigantin.«

»Wieso wissen Sie das?«

»Ich weiß alles. Man *muss*, um ordentlich zu schreiben!«

»Ich glaube, sie ist verrückt«, sagte Doktor Hugh umstandslos.

»Nun, hadern Sie nicht mit der Gräfin – sie ist Ihnen eine Hilfe.«

»Ich hadere nicht«, erwiderte Doktor Hugh. »Aber ich kann nichts anfangen mit törichten Frauen.« Gleich darauf setzte er hinzu: »Sie scheinen sehr allein zu sein.«

»Das ist nicht selten in meinem Alter. Ich habe mich überlebt, und ich habe verloren.«

Doktor Hugh zögerte, dann überwand er einen leisen Skrupel: »Wen haben Sie verloren?«

»Alle.«

»Oh, nein …«, murmelte der junge Mann und legte eine Hand auf seinen Arm.

»Ich hatte einmal eine Frau – ich hatte einmal einen Sohn. Meine Frau starb, als mein Sohn geboren wurde, und mein Junge wurde in der Schule vom Typhus hinweggerafft.«

»Ich wünschte, ich wäre da gewesen!« sagte Doktor Hugh nur.

»Gut – wenn Sie da sind!«, antwortete Dencombe, mit einem Lächeln, das trotz einer Mattheit zeigte, wie sehr er es mochte, wenn er sich der Anwesenheit seines Begleiters sicher sein konnte.

»Sie sprechen seltsam von Ihrem Alter. Sie sind nicht alt.«

»Heuchler – so früh!«

»Physiologisch gesehen.«

»So habe ich das die letzten fünf Jahre gesehen, es ist genau das, was ich mir selbst gesagt habe. Wir fangen erst an, uns einzureden, wir seien nicht alt, wenn wir es sind.«

»Ich selber bin freilich jung, das weiß ich«, erklärte Doktor Hugh.

»Nicht so gut wie ich!«, lachte sein Patient, dessen Besucher die in Rede stehende Tatsache durch die Offenheit bewiesen hätte, mit der er den Standpunkt wechselte; er bemerkte, dass es einer der Reize des Alters sein musste – zumindest im Fall von hohem Rang –, zu spüren, dass man etwas getan und etwas vollbracht hatte. Doktor Hugh sagte mit einer allgemeinen Redewendung, dass er seine Ruhe verdient habe, und es machte den armen Dencombe beinahe zornig. Er fasste sich allerdings wieder, um zu erklären, deutlich genug, dass, wenn er von einem solchen Trost nichts wisse, dann nur deshalb, weil er unschätzbare Jahre verschwendet habe. Von Anfang an sei er der Literatur gefolgt, aber es habe sein ganzes Leben erfordert, ihr nachzukommen. Heute wenigstens habe er endlich begonnen zu verstehen, dass alles, was er bisher getan hatte, ein Streben ohne Richtung war. Er sei zu spät reif geworden und so schwerfällig veranlagt, dass er gezwungen war, aus Fehlern zu lernen.

»Dann ziehe ich Ihre Blüten den Früchten der anderen vor und Ihre Fehler den Erfolgen anderer«, sagte Doktor Hugh schmeichelnd. »Ich bewundere Sie für Ihre Fehler.«

»Sie Glücklicher – Sie haben keine Ahnung«, antwortete Dencombe.

Der junge Mann blickte auf seine Uhr und erhob sich; er sagte, wann am Nachmittag er wiederkommen würde. Dencombe ermahnte ihn, sich nicht zu sehr festzulegen, und brachte seine Angst zum

Ausdruck, er würde seinetwegen die Gräfin vernachlässigen – sich womöglich ihr Missfallen zuziehen.

»Ich möchte sein wie Sie – ich möchte aus Fehlern lernen!«, lachte Doktor Hugh.

»Geben Sie acht, dass Sie nicht einen machen, der zu schwer wiegt! Aber kommen Sie wieder«, setzte Dencombe hinzu, mit dem Funken eines neuen Einfalls.

»Sie hätten egoistischer sein sollen!« Doktor Hugh sagte das, als würde er das rechte Maß kennen, das für einen Schriftsteller erforderlich war.

»Nein, nein – ich hätte nur mehr Zeit haben sollen. Ich möchte noch einen Anlauf.«

»Noch einen Anlauf?«

»Ich möchte eine Verlängerung.«

»Eine Verlängerung?« Noch einmal wiederholte Doktor Hugh Dencombes Worte, die ihn getroffen hatten, wie es schien.

»Verstehen Sie nicht? Ich möchte, was man *leben* nennt.«

Der junge Mann hatte zum Abschied seine Hand genommen, die sich mit einiger Kraft schloss. Sie schauten einander einen Moment lang fest an.

»Sie *werden* leben«, sagte Doktor Hugh.

»Werden Sie nicht banal. Es ist zu ernst!«

»Sie *sollen* leben!«, erklärte Dencombes Besucher erblassend.

»Ah, schon besser!« Und als Doktor Hugh sich zurückzog, sank der Kranke mit einem gequälten Lachen dankbar zurück.

Den ganzen Tag und die folgende Nacht fragte er sich, ob es sich nicht einrichten ließe. Sein Arzt kam wieder, sein Diener war aufmerksam – aber es war sein vertrauensvoller Freund, von dem er sich geistig angezogen fühlte. Sein Zusammenbruch auf den Klippen war einleuchtend erklärt und seine Entlassung, auf einer besseren Grundlage, für den kommenden Tag versprochen; in der Zwischenzeit machte ihn die Intensität seines Nachdenkens ruhig und teilnahmslos. Die Idee, die ihn beschäftigte, war nicht weniger fesselnd, weil es eine krankhafte Vorstellung war. Hier

war ein Sohn seiner Zeit, klug, einfalls-
reich und feurig, welcher ihm, zufällig, als
Kunstkenner zur Verehrung verhalf. Dieser Diener seines Altars verfügte über die
neuen Kenntnisse der Wissenschaft und
die alte Ehrfurcht des Glaubens; würde er
denn sein Wissen nicht seinem Mitgefühl
widmen, seine Kunst seiner Liebe? Konnte man ihm nicht zutrauen, ein Heilmittel zu ersinnen für einen armen Künstler,
dessen Kunst er Achtung bezeugt hatte?
Wenn er es nicht vermochte, war die Alter-
native hart: Dencombe würde sich ergeben
müssen und schweigen, ungerechtfertigt
und profan. Den Rest des Tages und all die
nächsten spielte er in Gedanken mit dieser
verlockenden Sinnlosigkeit. Wer würde das
Wunder für ihn bewirken können, wenn
nicht der junge Mann, in dem sich solche
Klarheit mit solcher Leidenschaft verband?
Er dachte an die Wunder der Wissenschaft
und vergaß in seiner Verblendung, dass er
nach einem Zauber suchte, der nicht von
dieser Welt war. Doktor Hugh war eine
Geisteserscheinung, und das stellte ihn

über das Gesetz der Natur. Er kam und ging, während sein Patient, der sich aufgesetzt hatte, ihm mit flehenden Blicken folgte. Dass er den großen Autor kennengelernt hatte, hatte den jungen Mann veranlasst, *Die mittleren Jahre* von Neuem zu lesen, um auf seinen Seiten eine tiefere Bedeutung zu finden. Dencombe hatte ihm gesagt, worum es ihm gegangen war; mit all seiner Intelligenz war es Doktor Hugh nach dem ersten Lesen nicht gelungen, es zu erraten. Der verblüffte Autor überlegte, wer es dann überhaupt erraten würde. Einmal mehr belustigte ihn, wie man eine Absicht verfehlen konnte. Dennoch würde er nicht über den Geist der Zeit lästern – wie tröstend das auch immer war: Die Entdeckung seiner eigenen Langsamkeit hatte scheinbar jede Dummheit geheiligt.

Nach einer Weile war Doktor Hugh sichtlich beunruhigt; auf Nachfrage gestand er, wo die Quelle der Störung lag. »Bleiben Sie bei der Gräfin – kümmern Sie sich nicht um mich!«, wiederholte Dencombe, denn sein Begleiter äußerte sich freimütig über die Haltung der großen Dame. Sie war so eifersüchtig, dass sie darüber krank geworden war – sie nahm einen solchen Treuebruch übel. Sie belohnte ihn so sehr für seine Treue, dass sie nicht teilen wollte: Sie verweigerte ihm das Recht, auch an anderen Anteil zu nehmen, beschuldigte ihn, sie alleine sterben lassen zu wollen, denn es war überflüssig zu betonen, wie wenig Hilfe Miss Vernham im Notfall war.

Als Doktor Hugh erwähnte, dass die Gräfin Bournemouth bereits verlassen hätte, wenn er ihr nicht geraten hätte, im Bett zu bleiben, drückte der arme Dencombe seinen Arm fester und sagte mit Entschlossenheit: »Bringen Sie sie auf der Stelle weg von hier!«

Sie waren zusammen ausgegangen, zurückgegangen zu dem geschützten Winkel, wo sie einander vor Kurzem getroffen hatten. Der junge Mann, der seinem Begleiter beigestanden war, erklärte mit Nachdruck, sein Gewissen sei rein – er könne »zwei Pferde auf einmal reiten«. Träumte er nicht für seine Zukunft davon, einmal fünfhundert zu reiten? Dencombe antwortete, dass in diesen goldenen Zeiten kein Patient so tun könne, als habe er Anspruch auf alleinige Aufmerksamkeit. Aber war diese Gier vonseiten der Gräfin nicht rechtmäßig? Doktor Hugh bestritt es, sagte, es gebe keinen Vertrag, sondern nur eine freie Übereinkunft, und dass einem freimütigen Geist das Elend der Knechtschaft unmöglich sei. Außerdem tauschte er sich gerne über Kunst aus, und das war das Thema, für das er den Autor von *Die mittleren Jahre* jetzt, als sie zusammen auf der sonnigen Bank saßen, mit allen Mitteln in Anspruch zu nehmen versuchte. Dencombe, der wieder auf den schwachen Schwingen der Genesung segelte, immer noch im Bann der glücklichen Ahnung einer planvollen Rettung, hob in einem neuen Anflug zu einer Rede an, um für eine »letzte Kunstanstrengung« zu plädieren, die wahre Bastion seines Ansehens, wie sich erweisen würde, die Festung, wo sein wahrer Schatz aufgehoben sein würde. Während sein Zuhörer den Vormittag opferte und das große stille Meer zu warten schien, hatte er eine wunderbare, offenbarende Stunde. Er begeisterte sich daran zu erzählen, worin sein Schatz bestehen würde – das kostbare Gestein, das er aus der Grube schaffen würde, die seltenen Juwelen und Perlenschnüre, die er zwischen die Säulen seines Tempels hängen würde. Er staunte über sich, so überzeugt war er. Aber noch mehr staunte Doktor Hugh, welcher ihm versicherte, dass die Seiten, die er gerade veröffentlicht habe, bereits reich mit Edelsteinen besetzt seien. Der junge Mann, der jedoch nach künftigen Verbindungen lechzte, erneuerte vor Dencombe das Versprechen, dass sein Berufsstand dazu beitragen könne. Dann plötzlich klopfte er mit der Hand auf sein Uhrentäschchen und bat, sich für eine halbe Stunde zurückziehen zu dürfen. Dencombe wartete auf seine Rückkehr, wurde aber schließlich in die Gegenwart gerufen, als ein Schatten auf die Erde fiel. Dieser verdichtete sich zu jenem von Miss Vernham, der jungen Dame in Diensten der Gräfin. Da er spürte, dass sie gekommen war, um mit ihm zu sprechen, erhob er sich aus Höflichkeit von seiner Bank. Miss Vernham erwies sich dagegen nicht als besonders höflich; sie schaute seltsam beunruhigt, und ihr Charakter zeigte sich nun unmissverständlich.

»Entschuldigen Sie, wenn ich frage«, sagte sie, »ob ich hoffen darf, dass Sie Doktor Hugh in Ruhe lassen.« Dann, bevor Dencombe, äußerst verwirrt, protestieren konnte: »Sie sollten wissen, dass Sie ihm im Weg stehen, dass Sie ihm schrecklich schaden könnten.«

»Meinen Sie, weil die Gräfin ihn von seinen Diensten entbinden könnte?«

»Weil sie ihn enterben könnte.«

Dencombes Blick wurde starr, und mit der Genugtuung, mit der sie bemerkte, dass sie Eindruck gemacht hatte, fuhr Miss Vernham fort: »Es lag an ihm, es zu etwas Ansehnlichem zu bringen. Er hatte großartige Aussichten, aber ich glaube, es ist Ihnen gelungen, sie zu verderben.«

»Nicht absichtlich, ich versichere Sie!

Gibt es keine Hoffnung, das Missgeschick wiedergutzumachen?«, fragte Dencombe.

»Sie war bereit, alles für ihn zu tun. Sie hängt ihr Herz schnell an etwas, sie lässt sich treiben – so ist sie. Sie hat keine Verwandten, kann frei über ihr Geld verfügen, und sie ist sehr krank.«

»Es tut mir sehr leid, das zu hören«, stammelte Dencombe.

»Wäre es nicht möglich, dass Sie Bournemouth verlassen? Ich bin gekommen, Sie darum zu bitten.«

Der arme Dencombe sank auf seine Bank zurück. »Ich bin selber sehr krank, aber ich will es versuchen!«

Miss Vernham stand immer noch da, mit ihren farblosen Augen und der Brutalität ihrer Selbstgerechtigkeit. »Bevor es zu spät ist, bitte!«, sagte sie; und damit – als habe es sich um eine Angelegenheit gehandelt, für die sie bloß einen kostbaren Moment übrig hatte – kehrte sie ihm rasch den Rücken, um schnell aus seinem Blick zu gelangen.

O ja, danach war Dencombe bestimmt sehr krank. Miss Vernham hatte ihn mit ihren harten Neuigkeiten in Verwirrung gestürzt; es war für ihn der größte Schock, zu entdecken, was für einen mittellosen jungen Mann mit geistigen Fähigkeiten auf dem Spiel stand. Er saß zitternd auf seiner Bank, blickte erstaunt auf die Wüste aus Wasser, fühlte sich von der Direktheit des Schlags angegriffen. Er war wirklich zu schwach, zu unsicher, zu aufgebracht; aber er würde die Mühe auf sich nehmen abzureisen, denn er wollte sich nicht vorwerfen lassen, sich eingemischt zu haben, es war eine Sache der Ehre. Er würde zum Hotel humpeln, und dann würde er nachdenken, was zu tun war. Er machte sich auf den Weg und hatte, während er ging, eine bezeichnende Eingebung, was Miss Vernhams Beweggründe betraf. Die Gräfin hasste Frauen, natürlich; für Dencombe war das klar. Deshalb konnte sich die ehrgeizige Pianistin persönlich keine Hoffnungen machen und sich nur mit der kühnen Vorstellung trösten, Doktor Hugh zu helfen, entweder um ihn zu heiraten, sobald er sein Geld bekommen würde, oder ihn dazu zu bringen, ihr Recht auf Entschädigung anzuerkennen und sie abzufinden. Wenn sie sich mit ihm an einem Wendepunkt zum Guten angefreundet hatte, hätte er, als ein Mann von Feingefühl – und sie wusste, was darüber zu denken war –, wirklich auf sie zählen können.

Im Hotel bestand Dencombes Diener darauf, dass er wieder ins Bett gehe. Der Kranke hatte von einem Zug gesprochen, den er erreichen wolle, und begonnen, Anordnungen zum Packen zu geben; danach hatten seine summenden Nerven einem Krankheitsgefühl nachgegeben. Er stimmte zu, seinen Arzt zu sehen, nach welchem umgehend geschickt wurde, aber er bat um Verständnis, dass seine Tür für Doktor Hugh unwiderruflich verschlossen bleiben musste. Er hatte einen Plan, und der war so schön, dass er frohlockte, nachdem er zu Bett gegangen war. Doktor Hugh, plötzlich schroff abgewiesen, würde, mit Widerwillen und zur Freude von Miss Vernham, seine Treue zur Gräfin erneuern. Als sein Arzt erschien, erfuhr Dencombe, dass er Fieber habe und dass dies ein sehr schlechtes Zeichen sei: Er müsse Ruhe geben und versuchen, wenn möglich, an nichts zu denken. Für den Rest des Tages ließ er sich in Stumpfsinn fallen; aber da war ein Schmerz, der ihn empfindsam bleiben ließ; dass er seine »Verlängerung« vermutlich opfern musste, dass seine Lebensbahn beschränkt war. Sein medizinischer Berater war alles andere als erfreut; diese aufeinanderfolgenden Rückfälle waren verdächtig. Er verordnete Dencombe, streng gegen sich zu sein und Doktor Hugh aus seinen Gedanken zu vertreiben – es würde sehr zu seiner Beruhigung beitragen. Der Name, der ihn so aufwühlte, wurde in seinem Zimmer nicht mehr erwähnt, aber seine Sicherheit war nur eine verdeckte Angst, und sie wurde nicht bestärkt, als ein Telegramm eintraf, um zehn Uhr an diesem Abend, das sein Diener öffnete und für ihn las und welches mit einer Londoner Adresse und der Unterschrift von Miss Vernham versehen war. »Flehe Sie an, allen Einfluss zu nutzen, dass unser Freund sich uns am Morgen anschließt. Gräfin geht es wegen der schrecklichen Reise viel schlechter, aber alles kann noch gerettet werden.« Die beiden Damen hatten sich also zusammengetan und sich am Nachmittag zu einem boshaften Umsturz verabredet. Sie waren in die Hauptstadt aufgebrochen, und wenn die Ältere, wie Miss Vernham verlauten ließ, sehr krank war, so hatte sie deutlich machen wollen, dass sie keine Rücksicht nehmen werde. Der arme Dencombe, welcher Rücksicht nehmen wollte und nur wünschte, dass alles tatsächlich *gerettet* werde, schickte sein Schreiben direkt an die Unterkunft des jungen Mannes und erfuhr am Morgen zu seinem Vergnügen, dass er Bournemouth mit einem frühen Zug verlassen hatte.

Zwei Tage später drängte er mit einem Exemplar einer Literaturzeitschrift in der Hand herein. Er war zurückgekommen, weil er besorgt war und wegen der Freude über die große Besprechung von *Die mittleren Jahre*. Hier wenigstens war etwas Angemessenes – etwas erhob sich zum Ereignis; es war Beifall, eine Wiedergutmachung, ein kritischer Versuch, dem Autor den Platz zuzuweisen, der ihm gerechterweise zustand. Dencombe billigte es und fügte sich; weder erhob er Einspruch noch stellte er Fragen, denn altbekannte Komplikationen waren zurückgekehrt, und er hatte zwei scheußliche Tage hinter sich. Er war nicht nur überzeugt, dass er sein Bett nie wieder verlassen würde, sodass sein junger Freund ruhig bleiben mochte, sondern dass die Ansprüche, die er an die Geduld von Betrachtern stellen sollte, wirklich sehr bescheiden sein würden. Doktor Hugh war in der Stadt gewesen, und der Kranke suchte in seinen Augen ein Bekenntnis, dass die Gräfin besänftigt und sein Erbe geregelt war; aber alles, was er darin sehen konnte, war das Feuer seiner jugendlichen Freude über zwei oder drei der Formulierungen in dem Journal. Dencombe konnte sie nicht lesen, aber als sein Besucher mehr als einmal darauf bestand, sie zu wiederholen, gelang es ihm immerhin, den Kopf zu schütteln. »Ach, nein. Aber sie hätten auf das zugetroffen, was ich hätte tun können!«

»Was Leute hätten tun können, ist zum großen Teil das, was sie tatsächlich getan haben«, behauptete Doktor Hugh.

»Zum größten Teil, ja. Aber ich bin ein Narr gewesen!«, sagte Dencombe.

Doktor Hugh blieb; das Ende kam schnell. Zwei Tage später bemerkte Dencombe ihm gegenüber, auf dem Weg sehr lahmer Scherze, dass jetzt wohl keine Zweifel mehr bestünden hinsichtlich einer zweiten Chance. Der junge Mann schaute erstaunt; dann rief er aus: »Warum? Es ist eingetroffen – es ist eingetroffen! Die zweite Chance, das war die der Öffentlichkeit – die Chance, »die Perle« zu erkennen!«

»Oh, die Perle!«, seufzte Dencombe unbehaglich. Ein Lächeln, so kalt wie ein winterlicher Sonnenuntergang, zuckte auf seinen gespannten Lippen, als er hinzufügte: »Die Perle, das ist das Ungeschriebene – die Perle ist das Ungetrübte, die *Ruhe*, das Verlorene!«

Von diesem Moment an war er immer weniger anwesend, achtlos gegenüber allem, was um ihn herum vorging. Sein Leiden war tatsächlich tödlich, von einer erbarmungslosen Wirkung – nach der kurzen Unterbrechung, die ihm den Umgang mit Doktor Hugh ermöglicht hatte –, wie ein Leck in einem großen Schiff. Tiefer und tiefer sinkend, obwohl sein Besucher, ein Mann mit seltenen Talenten, nun herzlich anerkannt von seinem Arzt, eine unendliche Kunstfertigkeit zeigte, ihn vor Schmerzen zu bewahren, rechnete Dencombe nicht auf Gunst oder Vernachlässigung, ließ keine Zeichen von Bedauern oder Erwartung erkennen. Jetzt, gegen Ende, machte er deutlich, bemerkt zu haben, dass Doktor Hugh zwei Tage lang nicht bei ihm gewesen war, mit einem Zeichen, das darin bestand, dass er plötzlich seine Augen öffnete, um zu fragen, ob er in der Zwischenzeit bei der Gräfin gewesen sei.

»Die Gräfin ist tot«, sagte Doktor Hugh. »Ich wusste, dass ihr die Widerstandskraft fehlen würde, wenn es darauf ankommt. Ich war an ihrem Grab.«

Dencombes Augen weiteten sich. »Hat sie Ihnen *etwas Ansehnliches* hinterlassen?«

Der junge Mann lachte, beinahe zu heiter für dieses Schlafgemach. »Nicht einen Penny. Sie hat mich rundweg verflucht.«

»Verflucht?«, murmelte Dencombe.

»Weil ich sie im Stich gelassen habe. Ich habe sie für *Sie* im Stich gelassen. Ich musste mich entscheiden«, erklärte sein Gefährte.

»Sie haben sich entschieden, auf ein Vermögen zu verzichten?«

»Ich habe mich entschieden, die Konsequenzen meiner Vernarrtheit, was immer sie sein mochten, zu akzeptieren«, lächelte Doktor Hugh. Dann, noch artiger: »Zum Teufel mit dem Vermögen! Es ist Ihre Schuld, wenn ich Ihre Sachen nicht aus meinem Kopf kriege.«

Die Reaktion auf Doktor Hughs Humor war ein langes, bestürztes Stöhnen; danach lag Dencombe für viele Stunden, viele Tage regungslos und abwesend. Die Unumstößlichkeit dieser Antwort, dieser Blick auf ein definitives Ergebnis und das Gefühl von Anerkennung wirkten in seinem Geist zusammen und erzeugten einen seltsamen Aufruhr, veränderten und verwandelten seine Verzweiflung langsam. Die Empfindung, ins Kalte einzutauchen, verließ ihn – er schien ohne Anstrengung zu treiben. Endlich gab er Doktor Hugh ein Zeichen zuzuhören, und er war ihm nahe, sobald dieser neben dem Polster kniete.

»Sie haben mich denken lassen, es ist alles nur Illusion.«

»Nicht Ihr Ruhm, mein lieber Freund«, stammelte der junge Mann.

»Nicht mein Ruhm – was davon da ist! Es *ist* rühmlich – geprüft worden zu sein, im Besitz eines kleinen Talents gewesen zu sein und ein wenig Zauber verbreitet zu haben. Es geht darum, jemanden dazu gebracht zu haben, sich zu kümmern. Sie scheinen verrückt zu sein, aber das ändert nichts am Prinzip.«

»Sie feiern einen Triumph!«, sagte Doktor Hugh, indem er seiner jungen Stimme den Ton einer Hochzeitsglocke gab.

Dencombe lag da und nahm es hin; dann sammelte er Kraft, um noch einmal zu sprechen. »Eine zweite Chance – *das* ist die Illusion. Es gab nie mehr als eine einzige. Wir arbeiten im Dunkeln – wir tun, was wir können – wir geben, was wir haben. Unser Zweifel ist unsere Leidenschaft, und unsere Leidenschaft ist unsere Aufgabe. Der Rest ist der Wahnsinn der Kunst.«

»Trotz Ihrer Zweifel, trotz Ihrer Verzweiflung, Sie haben es immer *getan*«, entgegnete sein Besucher feinsinnig.

»Wir haben das eine oder andere getan«, gab Dencombe zu.

»Alles ist das eine oder andere. Es ist das Mögliche. Das sind *Sie*!«

»Tröster!«, seufzte der arme Dencombe ironisch.

»Aber es ist wahr«, beharrte sein Freund.

»Es ist wahr. Was nicht zählt, ist Enttäuschung!«

»Enttäuschung ist nichts als das Leben«, sagte Doktor Hugh.

»Ja, es ist das, was vergeht.« Dencombe war kaum zu hören, aber mit seinen Worten hatte er seiner ersten und einzigen Chance das tatsächliche Ende gesetzt.

NACHWORT

Another Go

Der alternde Künstler, der sich gegen Ende seines Lebens einen Aufschub, eine »Verlängerung« wünscht, um endlich sein *eigentliches* Werk zu schaffen: Wie viele Autoren haben oder hätten sich nicht einen solchen Aufschub gewünscht? Sie gehörten womöglich zu den besseren, jenen, die mit ihren veröffentlichten Werken nie völlig zufrieden waren.

Henry James, gebürtiger Amerikaner (1843), verbrachte die längste Zeit seines Lebens in Europa. Er kam aus einem wohlhabenden Elternhaus in New York, war von Jugend an mit Literatur vertraut. Zu seinen Bekannten zählten unter anderem Henry David Thoreau und Nathaniel Hawthorne. Er studierte in New York und an verschiedenen europäischen Universitäten Rechtswissenschaft und begann bald Beiträge für amerikanische Zeitschriften zu schreiben. Er wollte Dramatiker werden, aber seine Theaterstücke wurden nicht aufgeführt. So schrieb er weiter Erzählungen und Romane. Im Jahr 1875 ging er nach England und kaufte sich schließlich ein Haus in der Grafschaft Sussex, wo auch Joseph Conrad lebte. Im Älterwerden spürte er immer mehr das Heraufkommen einer neuen Welt, die ihm fremd war. Seinem Freund William Dean Howells gegenüber klagte er, seine Werke würden nicht mehr veröffentlicht, ein Herausgeber zum Beispiel halte sie monate- und jahrelang zurück, als würde er sich ihrer schämen. Im Jahr 1895 schrieb er an Howells: »Ich fühle seit langem, dass ich in eine böse Zeit geraten bin ... Eine neue Generation, die ich nicht kenne und vor allem nicht mag, hat alles in Besitz genommen.«

Die Erzählung »The Middle Years« erschien 1893 zu seinem fünfzigsten Geburtstag im *Scribner's Magazine*. Für James scheint sie von großer Bedeutung gewesen zu sein – die Geschichte des von einer schweren Krankheit genesenden Schriftstellers Dencombe, der sich mit dem Arzt Doktor Hugh befreundet und sich nach einer weiteren Lebensspanne sehnt, um seinen »letzten Stil« entwickeln zu können, welcher die Krönung seines Ruhms bilden soll. Aber eine solche letzte Lebensspanne ist ihm freilich nicht gegönnt.

Erwin Chargaff, österreichisch-amerikanischer Biochemiker, der wichtige Beiträge zur Entschlüsselung der DNA-Struktur geliefert hatte (er emigrierte 1933), war auch ein großer Literaturkenner – wir sind einander bei einem Autorentreffen im Zsolnay-Verlag begegnet. Als ich ihn im Jahr 2000 in New York besuchte, schenkte er mir »für die lange Heimreise« ein kleines Bändchen mit Erzählungen von Henry James, von dem ich vorher nichts gelesen hatte. Besonders »The Middle Years« ließ mich nicht mehr los, sodass ich versuchte, die Geschichte zu übersetzen, um sie besser verstehen zu können.

Was beeindruckte mich an dieser Erzählung? Freilich befand ich mich damals, was das Schreiben anlangt, selber in »mittleren Jahren«. Ein Leben lang hatte ich viel herumgetrödelt, es am Schreibtisch nie lange ausgehalten; die Sachen entstanden meistens während langer Spaziergänge am Grabensee nahe Obertrum, wo ich damals lebte. Ich kritzelte viele Notizbücher voll, die ich aber dann am Schreibtisch nicht benutzte. Das Schreiben brachte mir lange Zeit keine Anerkennung, aber das ging vorbei und änderte sich, und auf einmal war ich älter geworden, und Krankheiten waren zu bewältigen. Ich las die Erzählung von Henry James über die beiden Männer, einen jungen Arzt und den in die Jahre gekommenen Schriftsteller, der krank gewesen ist und sich nun auf dem Weg der Besserung befindet; wie sie sich an der Südküste Englands langsam näherkommen, jeder der beiden hält einen gerade erschienenen Roman in den Händen – Dencombes Roman –, obwohl sich sein Autor hütet, sein Inkognito zu lüften. Als er dann plötzlich in Ohnmacht fällt, wird Doktor Hugh, der sich um ihn kümmert, ihn ins

Hotel bringt, bald klar, wen er da vor sich hat.

Ich begann, die Erzählung im Jahr 2008 zu übersetzen, aber hätte ich geahnt, welche Schwierigkeiten mich dabei erwarteten, hätte ich es sein lassen. Immer wieder legte ich das Manuskript weg, bis es schließlich verschwunden war – sogar in meinem Computer. Erst im Frühjahr 2015 kam die angefangene Arbeit wie durch Zauberei wieder zum Vorschein. Als ich meinem Lektor Günther Eisenhuber, dem ich seinerzeit das Manuskript meines Romans »Der Fliegenpalast« anvertraut habe, davon erzählte, meinte er, dass ich ihm vor Jahren einen Ausdruck übergeben habe, er würde sich freuen, wenn daraus ein Buch werden würde. Da ich das Romanschreiben zu der Zeit ohnehin satt hatte, machte ich mich an die Arbeit. Ich fing mit dem Übersetzen ganz von vorne wieder an. Einmal mehr, um sie besser verstehen zu können.

Walter Kappacher

Henry James, 1843 in New York geboren, entstammte einer wohlhabenden Familie, genoss eine kosmopolitische Erziehung, die ihn durch Europa führte, lebte zunächst in Paris und übersiedelte später nach England. Er schrieb zwanzig Romane (u.a. »Bildnis einer Dame«, »Die Drehung der Schraube«), daneben Theaterstücke und Reiseberichte sowie über hundert Erzählungen. Er starb 1916 in Chelsea, Großbritannien.

Walter Kappacher, geboren 1938 in Salzburg, wo er heute lebt. Seit 1978 freier Schriftsteller. Zahlreiche Auszeichnungen, u.a. Hermann-Lenz-Preis 2004, Georg-Büchner-Preis 2009. Zuletzt erschienen: »Der Fliegenpalast« (2009), »Land der roten Steine« (2012).